나를 정성껏 키워준 엄마께 이 책을 바칩니다

동시에 붙인 단상들

언제나 3월에는

신복순

시 한 편에 짧은 산문 한 편

내 시는 참 쉬운 편입니다.
내 시에 대한 일반적인 평은
흔히 있는 평범한 일들을 쉽게 공감되게 쓴다고 합니다.
많은 분들이 읽기 편하다고 말씀하시지요.

그런 말에 용기를 얻어 책을 엮습니다.
처음부터 이렇게 쓰려던 것은 아니었습니다.

시가 쉬운 편이니 따로 해설을 싣지 않아도 되겠다고 생각했습니다.
또 작품에 자신이 없어 누군가에게 부탁하기도 민망했습니다.
대신 뒷부분에 몇 편 정도만 내 생각을 덧붙이면 좋겠다고 생각했고 출판사에 그래도 되겠느냐고 문의했습니다.

그랬더니 몇 편만 그렇게 하면 이상하니 아예 넣지 말든
지 아니면 전체를 다 그렇게 하는 게 좋겠다는 의견이었
습니다.
산문 하나가 시 하나를 안는다는 느낌으로 하면 그것도
괜찮겠다는 의견도 덧붙이면서 말이지요.

난감했습니다.
시는 오랜 시간에 걸쳐 쓴 것입니다.
그중 50편을 뽑았는데 산문을 쓰자면 또 처음부터 다시
시작해야 됩니다.
작은 그림이지만 그림까지 내가 그린다면 일이 너무 커지
는 느낌이었습니다.
과연 이렇게 하는 게 맞는가 하는 생각도 들었지요.
잠시 머뭇거렸습니다. 한다고 해야 하나?
순수 한 장르에만 속하는 것도 아니고.
어느 것 하나 제대로 인정받지도 못했는데…….

내가 시를 쓰고 글을 쓰고 그림을 그리는 이유를 생각해
봤습니다.
상을 받기 위해서인가?
이름이 알려지고 인정을 받기 위해서?
인정을 받는다면 좋겠지만
반드시 그런 것은 아닙니다.

아무튼 해보겠다고 대답했습니다.
나에게 특출한 재능이 한 가지라도 있는 것은 아닙니다.
그래서 오히려 해보고 싶다는 생각이 들었습니다.
어느 하나가 크게 부각되지 않았기 때문에 더 자유로웠습
니다.
내가 하고 싶은 이야기들을 정해진 한 가지 방식이 아니
라 조금씩은 가능하니 서로 어우르면서 해보자.
결과적으로 여러 분야가 모아져서 나를 표현하게 되었습
니다.
아마 오래 알던 편한 친구처럼 시가 다가갈지도 모릅니다.

이런 기회를 만들어주신 브로콜리숲 출판사에 감사드립니다.

2024년 여름 신복순

차례

들어가며 _ 시 한 편에 짧은 산문 한 편

나오며 _

청보리

청보리는
심심할 틈이 없어

바람이 수시로 찾아와
청보리를 흔들며 물어보거든

어떻게 지내?
오늘도 재미있었니?

이 글을 읽는 모든 이에게 인사하고 싶다.

잘 지내시나요?

멀리 사는 아들에게
가끔 톡을 해 꼭 물어본다.

잘 지내니?
별일 없지?

내가 아는 모든 사람이 잘 지냈으면 좋겠다.

내가 모르는 모든 사람도 잘 지내길 바란다. 🍒

도동서원 은행나무

도동서원 마당에 서 있는 은행나무
나이는 400살이 넘어
힘겹게 지팡이를 짚고 섰지만
여전히 하루하루 열심히 산다

봄이 되면
연한 초록 잎을 만들고
가을이면
노랗게 잎을 물들인다

해마다 나이를 먹어
나이테는 하나씩 늘겠지만
살아가는 모습은
풋풋한 청년이다

도동서원에 갔더니
400년 된 은행나무가 멋졌다.

오랜 세월을 살아와서인지
가지가 처져
굵은 버팀목 몇 개를 가지 아래
받쳐 두었다.

봄에 가면 초록 새잎이 나고
가을에는 그 잎이 노랗게 물드는데
나무가 아름다워
사람들이 사진 찍으러 많이 온다.

오랜 세월 언제나 한결같은 모습이
마치 청년처럼 느껴졌다. 🍒

늦게 피는 꽃

같은 나무에 달린 꽃이라도
그늘 쪽에 있는 꽃은 늦게 피지

햇빛을 많이 받는 쪽에 있는 꽃은
보란 듯이 일찍 피겠지만 말이야

늦게 피는 꽃을 칭찬해 주고 싶어

적은 햇빛을 받으면서도
얼마나 애써 피웠을지 짐작할 수 있으니까

늦게 피었지만
정말 예쁘고
또 고맙다고
그렇게 말해주고 싶어

꽃은
일찍 피기를 원할까?
늦게 피기를 원할까?

일찍 피면 일찍 질 테고
늦게 피면 좀 더 오래 있겠지.

햇빛을 많이 받는 쪽이 빨리 필 것이다.
꽃이 선택할 수는 없었겠지만.

왠지 그늘 쪽에 있는 꽃에 마음이 쓰인다.
남이 꽃피울 때 못 피워
마음 졸였을 것 같아서. 🍒

하얀 목련

목련이
나무에서 떨어지면
마음에 상처를 입는가 봐

하얀 꽃잎이
곧 변해버리거든

나무에 달려 있을 때는
밝고 행복해 보였는데
얼마나 슬펐으면
그렇게 변해버릴까

목련에게
전해주고 싶어

눈부시게 하얀 목련으로

오래 기억할 테니

슬퍼하지 말라고

하얀 목련은
참 품위 있고 우아해 보인다.

도톰한 하얀색 꽃잎이
초록 잎사귀 하나 없는 나무에서
초라하지 않고 빛을 낸다.

그런 목련이
나무에서 떨어지면
순식간에
시커멓게 변한다.
하얀색이 변하니 더 그렇게 느껴지나?

그래도 가만히 목련을 떠올리면
하얗게 빛나는 모습만 떠오른다. 🍒

산골에 사는 눈사람

산골에 사는
영훈이가 눈사람을 만들었어
많은 친구와 어울려 놀고 싶어
여러 개를 만들었지

발은 만들지 않았어

혹시 떠나면
너무 슬플까 봐

요즘은 아이가 귀한 시대이다.

더구나 시골이라면 더 그렇다.

친구가 없는 아이라면 얼마나 외로울까?

도시에 살아도 친구가 없다면 외로운 건 마찬가지이
겠지.

친구가 없는 아이들에게 위로의 말을 전하고 싶다. 🍒

노른자

달걀 속에
들어있는 노른자는
세상 밖으로 나오기 싫을 거야

아늑한 공간에
혼자 편할 테니까

꼭 나와야 한다면
아마 병아리는 되어
나오고 싶을 거야

두 발로 당당히 서서
세상과 마주하고 싶지 않겠어?

생명을 신비롭게 생각한다.

병아리는 노른자 위에 위치한
흰 점과 막 형태로 보이는 배자가 자라
탄생한다고 한다.

흰자와 노른자는 영양분을 공급하는 역할을 하고.

노른자가 곧 병아리가 되는 건 아니지만
병아리가 자라는 데 도움을 준다.

병아리가 되는 달걀은
달걀 중에서도 아주 소수겠지.
그저 가능성이 있다는 것만으로 끝나버리는 달걀도
많을 것이다.

사람도 그러한가? 🍒

엄마라는 존재

날이 어두워지자 할아버지가 그랬어
곧 비가 오겠군

해는 온다고 하지 않아
늘 하늘 높은 곳에 머무르고 있지

그곳에서 빛나고 있어도
과일이 익고
꽃이 피어나

존재하는 것만으로도 엄청난 것이지

나에겐 엄마라는 존재가 그래

지금 세상에 없지만

내 마음속 깊이 언제나 있어
따스한 해처럼

이 시를 쓸 때도
눈물이 났고 다시 읽을 때도
여전히 눈물이 난다.

이 세상에 없는 내 엄마.
엄마를 잊을 수 있을까?
다정하고 언제나 나를 바라보던,
내 편이 되어주었던 엄마.

이젠 내가 엄마가 되었다.
언젠가 나도 이 자리를 비우게 되겠지.
그것도 슬프다.
자식들이 슬퍼할까 봐.

종교가 없는 사람은 있어도
엄마가 없는 사람은 없을 것이다.
사정이 있어 엄마를 모르고 살 수는 있겠지만.
신보다 엄마가 상위라는 소리는 아니다.
가장 가까이에서 늘 지켜보는 엄마.
하늘이 맺어주는 고마운 인연이라고 생각한다.

엄마의 빈자리를 느끼는 사람도
마음속에 해처럼 따스함이 깃들길 소망한다. 🍒

잠만 자던 감자

어두운 구석에서
날마다 잠만 자던 감자

어느 날 문득 정신을 차렸지

이렇게만 살지 말고
새로워져야겠어

감자는 온 힘을 다해 애쓰더니
드디어 해냈어

싹이 나온 거야!

싹이 트는 감자를 보며
감자가 살아있는 게 아닐까 하는 생각을 했다.

썩어가는 감자가 싹을 틔우지는 않을 것이다.

땅에서 솟아나는 새싹과는 분명 다르지만
감자가 쪼그라들며
싹이 나고 잎이 생긴다.

감자는 마지막까지
포기하지 않고 싹을 틔우기를 원하나 하는
엉뚱한 생각을 해봤다. 🍒

햇살 병문안

할머니가 아파
누워있는 병실

따스한 햇살이
매일 병문안을 온다

할머니 얼른 나으세요
들에 핀 꽃도 보고
우리 즐겁게 놀러 다녀요

하루라도 빨리
일어나길 간절히 바라며
햇살은 날마다 할머니를 위로한다

때로는 따뜻한 햇살에게
위로받을 때가 있다.

조용한 창가에 살며시 들어오는 햇살

아프고 고통스러우면
햇살 들어오는 것도 싫겠지만
치료가 잘되어 새날을 꿈꾸면
햇살만큼 정다운 것도 없으리라.

아픈 모든 사람이 고통에서 벗어나
밝은 새날을 맞이하기를,
햇살이 반갑기를 기원한다. 🍒

앞면과 뒷면

햇살이
노란 은행나무를
환하게 비추었지

앞은 화사하게 빛났지만
뒤쪽은 어두운 그림자가 생겼어

마치 동전의 앞면과 뒷면처럼

햇살은
밝은 면만 만들지 않아

어두운 뒷면도 살펴보라고
항상 두 면을 같이 만들지

창밖으로 노란 은행나무가 보였다.
노랗게 빛을 내며 정말 화사했다.

흰색 다음 밝은색이 노란색이란다.
심리적으로 자신감과 낙천적인 태도를 갖게 한다는 색.

그 화사함만 보다가
문득 뒤쪽 그림자가 눈에 들어왔다.

빛이 들어오면
그림자도 같이 만들어진다.

밝게 화사하기를 원한다면
어두운 그림자도 감수해야 하는 걸까? 🍒

비 오는 날

갑자기 비가 왔을 때
누나가 우산을 갖다 줬다

비 맞을 생각을 했는데
무척 기뻤다

또 비가 오길 바랐다
나도 누나에게 우산을 갖다주고 싶어서

그러면 누나도 나처럼
생각지도 않은 기쁨을 누릴 테니까

저녁에 성당에 갔다 집으로 오는데
갑자기 비가 내렸다.

종종걸음으로 부산하게 오는데
길 건너편에 남편이 우산을 들고 서 있었다.

문득 마음이 따스해졌다.

생각지도 않았는데.
아, 이런 기분이 드는구나.

나도 이런 기분을 선물하고 싶다는
생각을 하며 우산을 받았다. 🍒

가을에는

가을에는
들판에 있는 곡식들이
왜 황금색으로 보이는지 아니?

태양이 곡식들을
소중하게 감싸줬기 때문이야

그 빛이 곡식에게 스며들어
빛나는 황금색이 된 거지

뭐, 네 얼굴도 황금색이라고?

그럼 너도 귀하게 여겨
태양이 네 얼굴을 잘 감싸줬나 보네

생각이 많아지는 가을.
들판에는 곡식이 황금빛으로 빛난다.
농부 역시 검게 그을리고.

자연의 일부 같은 사람.

태양이 보기에
곡식이나 사람이 별반 다르게 보이지 않을 것 같다는
생각이 든다.
다 귀하게 여길 것 같다는.

평화로운 시골 풍경이
기분 좋게 떠오른다. 🍒

그렇게 살 수 있을까?

어떻게 살면 좋을까?

할머니가 그랬어
무조건 착하게 살아야 해

아빠는 이랬어
멋지고 훌륭하게 살아야지

엄마는 이렇게 말했지
언제나 성실하게 노력해야 해

나도 그러고 싶은데
그렇게 살 수 있을까?

어떻게 살면 좋을까?
이대로 살아도 되나?

가끔 해보는 생각이다.

아마 모르긴 해도 멋지고 훌륭하게는
살지 못할 것 같다.
착하게 사는 것도 자신 없고.

그나마 성실하게 살 것 같긴 하지만.

사실 그냥 사는 것도 힘들다.
어떨 때는 지금껏 살아왔다는 것도 신기하게 느껴진다.
감사하다는 생각은 든다.

뜸 들이는 시간

쌀은 깨끗이 씻고
밥솥에 들어가
뜨거운 열을 견뎌내고는
부글부글 끓은 후에
자작자작 밥이 될 준비를 하지

정신없는 시간을 보낸 후
쌀은 조용히 생각에 잠겼어

잘 익은 밥이 되기 위해
천천히 뒤돌아보는,
꼭 필요한 시간이
바로 지금이야!

내가 쓴 시라
작가의 의도 따위를 염두에 두지 않아도 되어 다행이다.

요즘 즉석조리식품으로 나오는 밥은
2분이면 충분하다.
뜸을 들일 필요도 없다.

직접 짓는 밥은
질거나 꼬들꼬들할 수도 있지만
즉석 밥은 언제나 완벽하다.

바쁜 현대에서는
때로 이 편리함을 이용할 수도 있다.
반드시 정성을 들여 지어야 한다고는
말할 수 없다.
사정에 따라 살면 되겠지.
다만 사는 일에는 성찰이 필요하다고 생각한다. 🍒

지겨웠던 나무

가을에는
나무가 무척 화려해지지

노란색으로
빨간색으로
황금색으로
한껏 멋을 내거든

지난봄부터 여름까지
지겹게 초록 옷만 입었으니
나무도 얼마나 지겨웠을까!

한 번쯤은 멋지게
달라지고 싶었을 거야
한 해가 가기 전에 그러자고

나무도 마음을 단단히 먹은 거지

사실 나무에게는 미안한 시이다.

차고 건조한 날씨가 계속되면
수분과 영양분이 빠져나가는 것을 막기 위해
나무줄기와 나뭇잎 사이에 특별한 세포층인
떨켜가 형성된다고 한다.

이 떨켜가 수분과 영양분을 차단시키고
잎에서는 영양분을 더 공급받지 못해
엽록소가 파괴되어 초록색이 사라진다고.

초록색이 활발하게 만들어질 때 보이지 않던 노랑이나 빨강
같은 색이 초록색이 사라지면서 드러나는 것이 단풍이란다.
그러니까 색은 모두 잠재되어 있었는데
그때 비로소 속에 있었던 색이 나타나는 것이다.

겨울을 대비하기 위한 나무의 희생인데
지겹다고 했으니...

나무야 미안. 🍒

물수제비

가만히
햇살 즐기던 작은 돌

누군가 갑자기
휙 강물로 던져버렸어

놀란 작은 돌
무서워서 얼른 강으로 들어가지 못하고
주저주저 건너뛰다
퐁당
큰 마음먹고 강물로 뛰어들었지

내가 어렸을 때
강가에 가면
오빠는 물수제비를 잘 떴다.

몇 개 하는지 보라며
멋지게 물수제비뜨던 오빠

나이 차가 많이 나는 오빠는
지금 세상에 없다.

하늘에서도 물수제비를 뜰까?

그때의 순수함이 새삼 그립다. 🍒

사랑 더하기

차가운 물과 따뜻한 물의 차이는
뜨거운 열을 더했는지의 차이일 것이다

어쩌면
차가운 마음도
뜨거운 사랑을 더하면
따뜻한 마음이 될지 모른다

만약 얼음처럼 차갑다면
더 오래 기다려야 하겠지
서서히 녹을 테니까

난 다른 사람에게
사랑을 잘 표현할 줄 모른다.

엄마에게 사랑을 많이 받고 자랐지만
표현이 서툰 아버지를 닮아서일까?

사랑이 없는 것도 아닌데
잘 표현 못 하는 것은
내가 가진 단점 중 하나이다.

알고 있다고 해서
쉽게 고쳐지지는 않는다.
노력하는 수밖에. 🍒

마음이 필요해

비 올 땐 우산이 필요하고
손 시릴 땐 장갑이 필요해

마음이 힘들 땐
뭐가 필요할까?

따듯하게 위로해 줄
마음 하나 있으면 되겠지

힘이 되어줄 테니까

이 시를 읽으며
사실 좀 찔린다.

나는 과연
다른 사람에게 힘이 되어준 적 있었나?

친한 친구나
가까운 가족은 위로를 해준 것 같긴 하다.

주위에 있는 사람에게
그렇게 따뜻하게 대하지는 않은 것 같고.

반성하고
좀 잘 살아 보자. 🍒

바빠진 땅

맨땅에 아빠가
봉숭아 씨앗을 뿌렸어
할 일 없던 땅이 갑자기 바빠졌지

씨앗에 영양분을 주고
싹을 틔우고
꽃이 피고

날마다 놀기만 하던 땅이
아빠 덕분에
부지런하고 어엿한 농사꾼이 되었어

거의 매일
집 주변에 있는 시냇가를 산책한다.

계절 따라 튤립을 보기도 하고
코스모스를 보기도 한다.

꽃을 보며
시냇가를 걷는 게 무척 즐겁다.

누군가 꽃을 심고 가꾸었겠지.

그 길에서
이런저런 생각과 행복을 얻는다. 🍒

동그라미로

직선으로 내리던 비

물 위로 떨어지자
곡선으로 바뀌었다

먼 하늘에서
곧고 빠르게 내려왔지만
마지막은 천천히 퍼지는 동그라미이다

부드러운 물을 만나니
이제 여유가 생긴 모양이다

세상은
직선과 곡선으로 이루어져 있다.

곡선도 직선에서 나왔겠지만.

곡선을 좀 후하게 보는 것 같기도 하다.
부드럽고 여유로워 보인다고.

하지만 직선도 꼭 필요하다.
직선은 곧고 **빨라** 더 효율적인 경우가 많다.

내가 지나온 길은
직선보다는 거의 곡선이었다. 🍒

사과나무가 사는 법

움직이지 않는다고
아무것도 안 하는 줄 아니?

부지런히 잎도 만들고
꽃도 피우고
사과도 키우고
낙엽도 만들어야 해

뛰어다니지는 않지만
봄부터 가을까지
얼마나 바쁜지 몰라

어쩌면 뛰어다니는 것보다
더 열심히 사는지도 모르지

어릴 때
과수원 안에 있는 집에서 살았다.

사과꽃이 참 예뻤고
가을이면 빨간 사과가 탐스러웠다.

사과나무는 내 고향 같은 느낌을 준다.

초겨울의 쌀쌀한 기온이 돌 때
잘라놓은 사과나무에 올라가
아이들과 신나게 놀았던 기억이 있다.
살짝 추웠지만
노는 게 신나서
아이들은 얼굴이 빨갛게 사과 같았다. 🍒

호박

밭둑에 자리 잡은 쪼그마한 호박

시간이 지날수록
속이 꽉 차고
단단해졌어

한자리에 앉아
기웃거리지 않고
열심히 살았지

자신만을 다독이며
참고 산 덕분에
크고 듬직한 청둥호박이 되었어

나의 장점 중 하나라면
무얼 시작하면 오래 한다는 것이다.

무슨 목표가 있어서 그런 것은 아니고
별것 아니라도
쉽게 그만두지는 않는다.
어지간하면 그냥 한다.

호박은 듬직해지기라도 하는데
나는 그렇지도 않은데
이것도 성격 탓인가?

오래 한 것 중 하나가 이 글쓰기이다.
처음에는 그냥 썼고
세월이 흘렀고
지금 이 글도 쓰고 있다. 🍒

겨울도 기쁘게 생각할 것 같아

겨울이
덜컥 덜커덕
문 두드리며 찾아왔어

반가워할 줄 알았던 사람들이
문을 더 꼭꼭 닫고 외면하자
당황하던 겨울이
대책을 내놨지

하얀 눈과 단단한 얼음

그제야 사람들이 밖으로 나와
즐거워하며 겨울과 어울렸어

무엇을 주는 기쁨을

냉혹한 겨울도

느꼈을 것 같아

사계절 모두 특색 있지만
겨울은 개성이 강하다.

초록은 보기 힘들고
춥고 삭막하다.

겨울이 길어지면
봄을 더 간절히 기다리게 된다.

그럼에도
겨울을 좋아하는 사람도 많다.
눈이나 얼음 때문이 아닐까?

겨울이 없다면
너무 아쉬워서
겨울을 그리워할 것 같다. 🍒

새롭게 시작해

하늘은
슬플 때 눈물처럼 비를 내려

한바탕 시원하게 쏟고 나면
개운해지는지
다시 투명하게 맑아지지

그러면
슬펐던 지난 일은 싹 잊고
새롭게 시작해

맑고 빛나는
활기찬 모습으로

하루가 끝나고
다시 아침이 오면
또 다른 하루가 시작된다.

맑은 날도 있고
어둡고 흐린 날도 있고
천둥이 치고 비가 오는 날도 있다.

많은 사람이
인생과 하늘이 비슷하다고 이야기한다.

하늘도 말하는 것 같다.
나를 보라고.
비가 그치고 무지개가 뜨는 날도 있다고.

어제 어떠했더라도
오늘 또 새롭게 시작한다고. 🍒

크레파스

크레파스는 씨앗 같아

영호가 하얀 종이 위에

파랗게
하얗게
빨갛게
그림을 그리면

파란 하늘이 생기고
하얀 구름이 떠다니고
빨간 사과가 태어나

크레파스는
늘 두근거리며 기다리지

영호가 뭘 그려주나?

무엇으로 태어나게 되나?

그림을 잘 그리지 못하는데도
배워가며 계속 그린다.

잘 그리는 게 목표가 아니라
글로 다 표현하지 못하는 것을
그림으로 표현하고 싶어서 그린다.

글도 그렇고
그림도 그렇고
뛰어나게 잘하는 사람들이 많다.

난 생각과 글과 그림을 모두 합해도
그런 사람들을 따라가기 힘들다.

그저 늘 배울 뿐이다. 🍒

우산

내가 비를 좋아할 거라고 생각하지?

천만에

난 비가 오기를 기다리다가
비가 내리면 온몸으로 막아내지

단 한 방울도 허락할 수 없어

비 올 때는
사람들이 나만 믿는데
기대를 저버릴 수는 없잖아

비가 내리면 가끔 떠오른다.
어릴 적 기억이.

방에 물이 새서 양동이를 받쳐 둔 적이 있었는데
양동이에 똑똑 떨어지는 빗소리가
엄청 불안했다.

가난과 함께 서글픈 기억으로 남아 있다.

어디든 비가 새는 걸 못 견뎌한다.
고치면 될 것인데도
왠지 예민해진다.

비는 잘못이 없다.
가난의 기억 때문일 뿐.
다행스러운 건 기억도 점점 옅어진다. 🍒

주차선

집이 없어
길을 헤매는 자동차를 위해

땅에
네모난 집이 만들어졌어

하얀 선으로 된
반듯한 집

길가에는
자동차를 위한 연립주택이
다닥다닥 줄지어 들어섰지

난 운전을 하지 않는다.
못한다고 하지 않고 하지 않는다고 한 것은
정말 필요했을 때
20년의 간격을 두고 짧은 기간 딱 두 번 했었기 때문이다.
첫 번째는 엄마 항암 치료받으러 다닐 때
차편이 안 좋아 어쩔 수 없이 했었다.
원래 운전이 두려운 편이라
나로서는 힘들었다.
그래도 운전이 절실했기에
온 신경을 집중하며 했는데
그거라도 엄마에게 해줘서 다행이라고 생각한다.
두 번째 운전은 남편과 관련해서인데 밝히기는 그렇고
하여간 필요할 때 해줬다.
아마 고마워할 것이다.
나에게 운전은 편리함보다 두려움이 더 커서 그리곤
하지 않는다.
다만 운전 잘하는 사람이 부럽긴 하다. 🍒

쌀

쌀은 생각했어

밥이 되어도 괜찮고
죽이 되어도 괜찮고
떡이 되어도 괜찮아

누군가를 살릴 수만 있다면
무엇이 되어도 좋겠어

이 시에서는
쌀의 생각을 말했지만
나에게는 밥의 의미가 크다.

남편이 출장 중에 나에게 전화하면
꼭 밥은 먹었느냐고 묻는다.
난 그 말이 참 고맙다.
나이가 들수록 더 그렇다.
누가 나에게 밥을 먹었느냐고 물어줄까?

농담 삼아 아들과 통화하며
엄마 밥 먹었는지 안 물어보냐니까
지금 시간이면 당연히 먹었을 것 아니냐며 농담처럼
말했다. 그냥 웃고 말았다.

당연히 먹었어야 할 시간에 먹지 않았다면?
좋은 이유든 나쁜 이유든 있었을 테지.
남편이 없다면 아마 아들이 물어줄지도 모르겠다. 🍒

우리 집 주소가 없다면

매일 엄마를 찾아오는 신문
가끔 오빠를 찾아오는 운동화
자주 언니를 찾아오는 통닭

모두 훌쩍이며
길을 헤매고 있겠지

맞아!
내가 좋아하는 피자도
우리 집을 못 찾아
영영 오지 않을 거야

우리 집 주소가 없다면
아무도 우리를 찾지 못할지 몰라

처음 이 시를 쓸 때
아빠를 찾아오는 신문이라고 썼다
내가 워낙 신문을 좋아하니
엄마라고 다시 고쳤다.
고등학생 때부터 신문을 즐겨 읽었다.
사정이 생겨 한 달 동안 신문을 못 봤다면
모아 두었다가 다 본 후에 버린다.
우리 집에서는 누구도 신문을 함부로 버리지 않는다.
마지막에 내가 버린다.
인터넷 뉴스도 보긴 하지만
아직도 종이 신문이 좋다.
신간도 신문을 통해 많이 알게 된다.
신문 읽기는 내가 느끼는 즐거움 중 하나이다. 🍒

종이 대화

아파트 복도에
종이 한 장 나붙었다

장갑 주워주셔서
감사합니다^ ^

누군가 장갑을 주워
한쪽에 챙겨둔 모양이다

복도에서
종이로 나눈 대화가
보는 사람 마음도 따뜻하게 했다

아파트에 살다 보면
모두 바빠 지나다니다 마주치면
간단한 인사나 할 정도이지 교류가 적다.

시에 나오는 것처럼 이 일은
아마 서로 누군지 모르면서 감사함을 전한 것 같다.
보는 내가 흐뭇했다.
또 누군가 보고 흐뭇해했을 수도 있다.

그냥 장갑만 들고 갈 수도 있었을 텐데
일부러 종이에 써서 테이프까지 붙여가며 인사를 한
사람이 더 좋게 보인다.

얼굴을 모르지만 자동차 양쪽 깜빡이를 켜며
고마움을 전해줘도 기분이 좋다.
사소한 일이지만 표현을 하는 게 서로 기분도
좋아지고 즐거운 일이 아닐까. 🍒

쳇바퀴

다람쥐는 쳇바퀴를 돌고
우리 가족은
집을 중심으로 쳇바퀴를 돈다

아빠는 출근해서 퇴근까지
길게 한 바퀴

엄마는 수시로 바뀌지만
길게 돌기도 하고 때로는 짧게 돌고

난 학교랑 학원 가느라
하루에도 몇 번씩 뺑뺑 돈다

그래도 다행히 밤에는 멈추고
모두 집에 머무른다

가끔 무슨 일이 생기면
쳇바퀴처럼 사는 일상이
얼마나 감사한 생활인지 느끼게 된다.

별일 없는 것이 얼마나 행복한 일인지.

엄마가 돌아가시는 순간
이런 생각이 스쳤다.
엄마가 세상을 떠날 수 있구나.
이런 일이 내게 생길 수도 있구나.
암이라 예상은 했으면서도
받아들이기는 쉽지 않았다.

모든 생물은 죽는다.
그리스 크레타 섬에 있는 올리브 나무는 3,000년이
넘었다지만 언젠가는 수명을 다할 것이다.

이론은 그러해도 가까운 사람의 죽음은 감당하기
힘들 것이다.
평범한 일상이 당연한 게 아니고 얼마나 다행한
일이고 감사한 일인가? 🍒

파도

하얀 파도가

바닷물을
이리 밀었다가
저리 밀었다가

바닷물을 평평하게 만들려고 그러는지
이리저리 맞춰보고 있다

바다는 넓고 깊다.

바다가 보여주는 건 긴 수평선뿐이다.

바다의 깊이는 보여주지 않으니

상상으로만 가늠해 볼 수 있겠다. 🍒

엄마 흙

돌과 돌 사이에
예쁘게 핀
노란 유채꽃

어디에 흙이 있었을까?

흙은 보이지도 않는데
어떻게 키웠는지
유채꽃이 잘 컸다

엄마 흙 정성이 대단하다

산책을 하면서
돌 틈에 핀 유채꽃을 많이 본다.

큰 돌들 사이라 흙이 별로 없을 텐데도
유채꽃 키가 크다.

척박한 곳인데도
좋은 땅에 핀 유채꽃과 다르지 않다.

엄마 흙이 키웠다고 했지만
유채꽃이 안간힘을 다해 피었을 것이다.
적은 흙이라도 있었으니 가능했겠지만.

둘 다 대견하다. 🍒

나무 엄마

나무 엄마는
사시사철
수수한
나무색 옷만 입는데

귀여운 아기꽃이
태어나면

노랗게
빨갛게

가장 예쁜 색으로
눈부신 옷을 지어 입힌다

내가 사는 곳에는
푸른 나무가 많다.

나무는 숲에 살고 싶겠지만
도로가에 나무가 즐비하게 서 있다.

봄꽃이 피는 계절이 오면
가까이에서 화사한 나무를 볼 수 있어
참 좋다.

여름나무도 좋고
가을나무도 좋다.

그래서 내 시 중에는 나무에 관한 시가
특별히 더 많다. 🌸

겨울나무와 새

추운 겨울
새 한 마리
빈 나뭇가지에
오래 앉아 있었어

열매처럼
잎처럼 보였지

아무것도 가지지 않은 겨울나무에게
새는 뭐라도 되어주고 싶었나 봐

추운 겨울
앙상한 가지에
통통한 새 한 마리 오래 앉아 있었다.

나무에서 구할 먹이도 없었고
다른 이유도 없는 것 같은데
생각보다 오래 있었다.

무슨 생각을 하고 있었을까? 🍒

터널

산에다
뻥 구멍을 뚫었어

사람들이 편리하게 살려고
길을 낸 것이지

그 길 때문에
동물들은 목숨이 위험하게 되었고

그걸 지켜보는 산은
가슴에 상처가 나고
괴로웠을 거야

컴컴한 터널 속처럼
산 마음도 어둡지 싶어

고속도로를 달리다 보면
수없이 많은 터널을 지나게 된다.

그곳에 우리는 잠깐 지나다닐 뿐이지만
동물들에게는 살아야 하는 보금자리이다.

난 동물에게 그리 도움을 주는 그런 사람은 못되지만
로드킬을 당하는 동물을 보면 마음이 아프다.

이미 있는 터널은 어쩔 수 없더라도
동물들이 지나다닐 수 있게
길이라도 만들어주면 좋겠다. 🍒

도깨비바늘

실도 필요 없고
풀도 필요 없어

강제로 떼어내지만 않는다면
옷에 붙어
어디든 따라갈 수 있어

멀리 가고 싶은데
발이 없어
갈 수 없지 뭐야

뿔은 없으니까
걱정하지 말고
나를 멀리 좀 데려가 주겠니?

어릴 때 강가에서 놀다 보면
나도 모르는 새
도깨비바늘이 옷에 잔뜩 붙어 있는 걸 알게 된다.

가시 같은 털은 바늘처럼 생겼는데
끝이 갈고리 모양이라
동물이나 사람에게 잘 들러붙는다.

멀리 퍼뜨리며 살아가야 하는 운명인지 모르겠지만
아마 그렇게 들러붙는 걸 다 싫어할걸? 🍒

감나무

아기 때부터
애지중지 정성껏 키웠겠지만
때가 되면 감나무는
감을 모두 집에서 내보낸다

결국 혼자
쓸쓸히 남게 되겠지만

감이 다 컸으니까 보내는 게
옆에 두고 말라가는 걸 보는 것보다 나을 거라고
감나무는 생각하겠지

때가 되면
열매를 맺고

때가 되면
과일이 익는다.

또 때가 되면
처음부터 다시 시작하겠지.

자연은 잘 아는데
사람들은 언제가 정확한 때인지
잘 모르는 것 같다. 🍒

난감한 느티나무

느티나무집에 매미가 세를 들었다
조용하던 집이 날이면 날마다 시끄러워졌다

느티나무에게 계속 민원이 들어왔다
너무 시끄러워요
잠을 잘 수가 없어요
대책 좀 세워줘요

난감해진 느티나무
진땀을 흘리며 사정했다

아직 계약기간이 남았어요
늦여름만 지나면 끝나니 조금만 참아주세요
주인이라도 마음대로 할 수가 없네요
매미에게도 살 권리가 있거든요

누가 민원을 넣을까?

느티나무에 사는 벌레들일까?

아무튼 사람은 자격이 없지 싶다. 🍒

별똥별

하늘에서 별이 툭 떨어졌다

겁 없는 별 하나가
아래쪽 세상이 알고 싶어

땅으로 힘껏 뛰어내렸나 보다

하늘에서
기다랗게 꼬리를 그리며
땅으로 떨어지는 별

하늘보다
땅을 선택하는
용감한 별 🍒

까치 쉼터

까치가 전깃줄에 가만히 앉아 있다

그곳에서
친구를 기다린다면 놀이터일 것이고
먹이를 구하려고 궁리하고 있다면 일터이겠지

어쩌면 푸른 하늘로 마음껏 나는 상상을 하고 있
을지도 몰라

그럼 분명 쉼터일 거야

더 높이 날기 위해 잠시 쉬는 중일 테니까

매년 새로운 둥지를 만든다는 까치.
예전에 사용했던 둥지는 사용하지 않는단다.

까치가 나보다 낫네.

이사를 가야겠다고 생각만 하고
몇 년째 미루고 있는데. 🍒

밀물과 썰물

바닷물이 한 번씩
놀러 나왔다가
농게, 조개, 망둥어...
친구를 잃어버려
다시 찾으려 꼭 온다

쏴아아아아!

어디 있니?
얘들아!

바닷물이 쫘악 밀려왔다 빠지면
해변에는 조개 등이 남게 된다.

갑자기 모래 위에
덩그렇게 드러나면
얼마나 황당할까?

다행히 바닷물이 한 번만 오는 게 아니어서
다시 쓸려갈 수도 있겠지만
모두 제자리로 돌아가는 것은 아니다.
결국 모래 위가 있어야 할 자리일까? 🍒

꽃 잔치

아기 복숭아가
곧 태어날 거라고

복숭아나무가
꽃 잔치를 벌였다

온 세상이 다 알게

꽃이 져야
열매를 맺을 수 있다는 걸
시로 꼭 표현하고 싶었다.

복사꽃이
아기 복숭아의 탄생을
축복하는 것처럼 느껴졌다. 🍒

소중해서

모든 생명은 귀하고 소중하다
그 귀한 생명을 품는 곳은
하나같이 둥글게 되어 있다

내 동생이 자라고 있는
엄마 뱃속이 그렇고

곧 병아리가 태어날
동그란 달걀이 그렇고

많은 생명이 나고 살아가는
지구가 그렇다

행여 조금이라도 다칠까 봐
뾰족한 데는 하나도 없이

모두 동그랗게 감싸고 있다

동물도 자신이 낳은 생명은 귀하게 여기는 것 같다.
신이 주신 본능 같기도 하고.

그래야 세상이 잘 굴러가겠지. 🍒

탄생

작은 병아리가
세상에 나오려면
온 힘을 다해 껍질을 깨야 해

작은 새싹도
온 힘을 다해 씨앗을 뚫고
뿌리를 내려야 세상에 나올 수 있지

세상에 나온다는 것은
그리 쉬운 게 아니야

그래서 세상에 나왔다는 것만으로도
굉장한 일이고 칭찬받을만한 것이지

살아있는 모든 것은 숭고해 보인다.
생명이 유한해서 더 그렇게 느껴진다.

작은 꽃도
살려는 노력 없이 플라스틱처럼
가만히 있는 것은 아니겠지.

그래서 아름다운 물건보다
보잘것없는 것이라도
생명이 있는 것이 귀하게 보인다. 🍒

채송화에게는

베란다에서 키우는 작은 채송화
나를 하느님인 줄 안다

비 좀 내려 주세요
바람 좀 불게 해 주세요

가끔 나타나
물뿌리개로 흠뻑 비도 내려 주고
창을 활짝 열어
시원한 바람도 불게 하는

채송화에게는
내가 하느님이다

시든 채송화에게 물을 주며 느꼈다.
내가 이렇게 물을 주지 않으면
얘는 죽을 수밖에 없겠구나.

물을 기다리는 채송화에게는
마치 내가 하느님처럼 느껴질 수도 있겠다.

살다 보면
내가 간절한 어떤 도움이 필요할 때도 있고
누군가 내 도움을 필요로 할 때도 있을 것이다.
시든 채송화 같은 모습으로. 🍒

이월과 삼월

봄을
빨리 맞으라고
이월은
숫자 몇 개를 슬쩍 뺐다

봄꽃이
더 많이 피라고
삼월은
숫자를 꽉 채웠다

이 시는 이미 발표되었던 시이다.
그것도 오래전에.

시에 대한 내 생각을 이야기할 때
이 시를 빼고 할 수가 없다.
오랫동안 시에 대해 자신이 없어
머뭇거릴 때 해마다 이월이 오면
내게 시인이라고 알려준 시이다.
부족한 내가 이 시로 과분한 사랑을 받았다.
양희은 님이 쓴 에세이 『그럴 수 있어』에도 실려 있어
더 알려지게 되었다.
양희은 선생님,
지면으로 인사드려요. 감사합니다.

추운 겨울 끝자락에서 봄을 기다리는 마음에 이 시가
가닿은 것 같다.
그리고 아직도 시를 놓지 않고 있는 것은
이 시 덕분이다. 🍒

당당히 살자

쭈글쭈글 움츠렸던 때 묻은 옷이
세탁소를 갔다 오더니
태도가 달라졌다

어깨를 당당히 세우고
허리를 쫙 폈다

세탁소 아저씨가
어떻게 살아야 하는지
확실히 알려준 모양이다

어떤 분이
이 시 제목이 너무 직접적이라며
바꾸는 게 어떠냐고 한 적 있었다.

난 물론 반대했다.
이 말은 무엇보다 나에게 확실히 해주고 싶은 말이기
때문이다.

배우는 걸 좋아하고
여러 노력도 해봤지만 뚜렷한 성과는 없었다.
또 노력한다고 이루어지는 것도 아니었다.
내가 실망한다고 달라지는 것도 없고.

그대로 받아들이기로 했다.
대신 지금 가진 모습으로도 당당해지자고, 괜찮다고
마음먹었다.
누구나 대단한 능력을 가질 수 없고,
어쩌면 별거 아닐지도 모른다고 생각했다.
나의 가치는 내가 인정하자.
그런 의미로 이 시를 좋아한다. 🍒

국수 이야기

성격이 날카로워
건드리기만 하면
툭툭 부러졌던 국수

팔팔 끓는 물속에 들어가
참고 견디는 법을 배우더니

부드럽고
착착 감기는
싹싹한 국수로
다시 태어났다

성격이 좋은 사람을 부러워한다.
특히 내가 갖지 못한
적극적이고 활발한 사람을.

20대 때 성격을 바꾸고 싶어
반년 정도 영업 분야의 일을 해봤다.

세상에는 노력으로 바꿀 수 없는 일이 있다는 걸
절실히 느꼈다.
그래서 그 생각을 버리고 있는 성격에 부족한 부분을
채우는 것이 낫겠다는 결론을 얻었다.
그런데 아마 평생 채워도 다 못 채울지도 모른다. 🍒

탱자

작은 탱자가
탱자나무에게 말했다

엄마,
나는 맛있는 과일도 아닌데
주위에 온통 가시까지 두르고
너무 과보호하는 것 아니야?

무슨 소리니?
엄마에게는
과일보다 네가 더 낫단다
앞으로 훌륭한 약재가 될 수도 있고
너는 귀한 존재이지

혹 어디 쓰이지 않더라도

마찬가지로 넌 아주 소중해

엄마는 날 무척 귀하게 대해줬다.
가난하고 힘든 살림에도
생일이나 어린이 날 등을 잊지 않았다.

해마다 생일이 오기 전에 쑥을 뜯어 두었다가
생일에 쑥떡을 해줬다.
지금도 쑥떡을 먹으면 그때 기억이 난다.

엄마가 떠나신 지도 20년이 지났지만
그 느낌은 아직 그대로다.

엄마 생전에 난 성취한 것이
아무것도 없었지만
엄마에게 난 언제나 소중한 존재였다.

난 그저 사는데 바빠 제대로 잘해 드리지도 못했다.
우리는 서로 소중한 존재일 뿐이었다.
엄마 덕분에 내가 있다는 걸 안다.
여러 어려움들을 엄마 사랑으로 이겨냈으니까.
엄마, 고맙고 사랑해. 🍒

나오며

50편의 시에 산문을 붙여야 한다는 부담감을 갖고 시작했지만 시간 가는 줄 모르고 즐겁게 작업했습니다.

시를 쓴 시간에 비해서 비교적 빠르게 마쳤습니다.

이미 시를 쓸 때 해왔던 생각이라서 다시 천천히 음미하며 글을 쓰니까 더 깊이 빠질 수 있었고 쓰는 게 즐거웠습니다.

시 하나에 하나의 세계가 열립니다.

시는 단순히 여러 단어의 조합이 아닙니다.

여기 실린 시에는

엄마와 이별하는 슬픔이 녹아 있고

삶을 뒤돌아보는 성찰이 있고

생명의 신비로움을 경외하는 마음이 있습니다.

내가 살아가는 삶을 표현하는 방식이 시이기도 합니다.

어쩌면 그래서 좋은 시가 되기 위한 소재나 표현이 부족할지도 모릅니다.

지극히 내 눈높이에만 맞춰 쓰게 되니까요.

내가 조용하고 평범하게 사는 것처럼

내 시도 그 정도의 깊이와 의미가 있을 것입니다.

다만 시에 진심을 담았습니다.

산문을 덧붙이면서 다시 마음속을 들여다보는 계기가 되었습니다.

마음에 들어있는 것을 표현할 수 있다니 이런 기회가 감동스럽기도 합니다.

전혀 예상치 않았던 방법으로 글을 썼고, 오래 책을 내지 않아 실망하고 있었는데 결국은 이렇게 내려고 예정되어 있었나 하는 생각도 들었습니다.

나와 가깝던, 조금 멀던 나를 아는 모든 분께 감사드립니다.

또 이 글을 읽는 독자들에게도 감사드립니다.

신복순 동시 산문집

언제나 3월에는

―――――

2024년 09월 09일 초판1쇄 발행
글 · 그림 신복순 **펴낸이** 김성민 **편집디자인** 김경자

펴낸곳 도서출판 브로콜리숲 **출판등록** 제2020-000004호
주소 41743 대구광역시 서구 북비산로 65길 36, 2층 **전화** 010-2505-6996 **팩스** 053-581-6997
홈페이지 www.broccoliwood.com **인스타그램** broccoliwood_ **전자우편** gwangin@hanmail.net

ⓒ신복순 2024   ISBN 979-11-89847-88-3 03810